Les cinq écus de Bretagne

FichesdeLecture.com

LES CINQ ÉCUS DE BRETAGNE (FICHE DE LECTURE)   4

I. INTRODUCTION

L'auteur

L'œuvre

II. RÉSUMÉ DU ROMAN

III. PRÉSENTATION DES PERSONNAGES

Guillemette Landais/ Philippa

Jamet Boisguérin

Estienne

IV. AXES DE LECTURE

L'utilisation du moyen-âge

Un roman qui cherche à séduire

DANS LA MÊME COLLECTION EN NUMÉRIQUE   18

À PROPOS DE LA COLLECTION   21

Les cinq écus de Bretagne
(Fiche de lecture)

I. INTRODUCTION

L'auteur

Évelyne Brisou-Pellen est née en 1947 et a passé son enfance à Meknès au Maroc puis à Vannes en Bretagne. Elle a fait ses études de lettres modernes à Rennes et a enseigné pendant 3 mois avant la naissance de son premier enfant. Évelyne Brisou-Pellen se consacre entièrement à l'écriture, majoritairement des romans. Elle a reçu le Grand Prix du livre, en 1984, avec *Prisonnière des Mongols* et le prix Gulli, le 5 juin 2013 pour son roman *Le Manoir.* Elle vit toujours à Rennes et a écrit plus de 110 livres.

L'œuvre

Les cinq écus de Bretagne est un roman publié en 1993. Il connaît une suite intitulée *Les portes de Vannes*, publié également en 1993 et traduit en breton par Mark Kenain.

L'histoire se passe au moyen-âge, au début de l'été 1469. Une jeune fille, nommée Guillemette Landais, se réfugie à Rennes chez son grand-père qu'elle ne connaît pas. En effet, ses parents sont morts et elle n'a pas d'autre famille. Cependant, sa venue fait remonter des souvenirs volontai-rement effacés. La jeune fille découvre ainsi peu à peu la ville de Rennes, en pleine mutation et cherche à comprendre son passé.

II. RÉSUMÉ DU ROMAN

Un dimanche, alors que la ville de Rennes se repose, une jeune fille habillée en garçon frappe à la porte de la mercerie nommée « Les cinq écus de Bretagne » et demande à voir messire Boisguérin, le miseur. Elle se nomme Guillemette Landais, comme sa grand-mère. Elle raconte brièvement son histoire : son père, Philippe, était garde au château de Fougères, mais il a été attaqué par des bandits en voulant se rendre à Rennes pour rencontrer son père qu'il n'a jamais connu. En effet, celui-ci a refusé d'épouser sa mère enceinte. À la mort de Philippe, Guillemette savait que son père avait annoncé sa venue à son grand-père, le miseur de la ville. Elle décide donc de s'y rendre. En chemin, elle a été accompagnée par deux compagnons fondeurs qui « venaient à Rennes pour couler une grosse cloche pour le beffroi ».

Jamet Boisguérin accueille la jeune fille chez lui et lui attribue une chambre. Lorsque sa servante Lucasse arrive à la maison, il lui décrit la jeune fille comme mignonnette, ni timide, ni effrontée. De son côté, Guillemette réfléchit à la situation. Elle se sent seule et à l'étroit dans cette ville, comparée à sa campagne où elle partageait sa chambre avec les servantes et tirait à l'arc avec son père. De sa chambre, elle entend les premières rumeurs de la rue à propos de son arrivée.

Guillemette rejoint son grand-père dans la cuisine qui l'interroge sur sa mère. On apprend qu'elle est morte à sa naissance. La jeune fille propose alors son aide à la cuisine en échange de l'hospitalité, mais Lucasse, la servante, lui répond que ce n'est pas son rôle. Le grand-père lui dit qu'elle peut aider, mais qu'elle n'y est pas obligée. En revanche, il a besoin d'elle pour écrire afin de rédiger les comptes de la boutique, mais aussi de la ville. Il lui demande également de changer de nom et Guillemette propose « Philippa ».

Le lendemain matin, Guillemette, devenue Philippa, salue la jeune fille de la fenêtre d'en face de sa chambre. Celle-ci se présente comme la nièce de Jamet, Béatrice de Villefranche. Elle porte le nom de sa mère car il est noble et non celui de son père. Le miseur annonce à Philippa qu'il va lui faire tailler des robes et que le conseil de la ville va bientôt commencer. Philippa doit y prendre des notes. Le miseur lui présente Estienne, son apprenti. Ce dernier n'est pas accueillant avec la jeune fille et a peur de perdre sa place. Le miseur le rassure.

Dans la rue, les rumeurs continuent : il est dit que Philippa est une espionne du camp français ce qui annoncerait une attaque de la ville.

Philippa est présentée à Jehan Duchesne, le grand portier de la ville, comme orpheline, petite d'un des amis de Jamet. En effet, celui-ci venait vérifier les rumeurs, mais se voit rassuré. Jamet profite de sa venue pour lui parler de son inquiétude. En effet, il doit garder chez lui le salaire des ouvriers travaillant sur le chantier de la cloche et a peur de se faire voler l'or. Jehan lui conseille de mettre l'argent dans la pièce la plus haute de la maison et dit qu'il fera faire des rondes plus importantes dans les rues atte- nantes à la maison. Philippa propose de cacher l'argent dans sa chambre.

Par la suite, Jamet reçoit son frère Gilles qui désire lui parler de ce qui s'est passé au conseil car en tant que mercier, lui aussi a le droit de savoir. Jamet interroge Philippa sur la commande qui sera passée à Gilles pendant que ce dernier en profite pour regarder la jeune fille. Jamet avertit Philippa de se méfier de lui. Gilles en tant qu'aîné a hérité de la mercerie de leur père et a épousé une femme non riche, mais noble afin d'en obtenir le titre. Ce titre lui aurait monté à la tête.

Dans la ville, les rumeurs courent à présent que Philippa est la fille de Raoulette, ancienne servante de messire Boisguérin.

En ce qui concerne les relations entre Estienne et Philippa, elles ne s'améliorent pas. Estienne se méfie des filles en général. Lucasse apprend à Philippa qu'Estienne s'entraîne dans les douves pour le concours de tir à l'arc qui aura lieu le jour du papegaut. Philippa décide alors de le rejoindre et le regarde tirer. Celui-ci rate alors Philippa prend l'arc et marque au cœur de la cible.

Dans la nuit, un feu se déclare dans un moulin à tan. Toute la ville se réveille et se prépare au pire. Philippa en profite alors pour discuter à la fenêtre avec sa voisine. Bérénice lui avoue qu'elle ne veut pas se marier comme le prévoit très prochainement son père. En effet, elle veut se vouer à Dieu. Sa mère est morte et elle n'apprécie pas son père.

Estienne s'absente de la boutique et préfère se faire embaucher pour fondre la cloche. Il ne désire plus concourir le jour du papegaut. Messire Boisguérin entraîne Philippa au beffroi et lui explique son histoire. Celle-ci aperçoit les deux fondeurs qui l'avaient accompagné pour venir à Rennes. Elle leur fait croire qu'elle n'est qu'une cousine de Guillemette. Ils lui laissent alors un message disant que l'assassin de son père a été retrouvé et a avoué qu'il avait été payé, par un homme de Cresson, pour tuer Philippe.

Lors de la confrérie des merciers, Jamet Boisguérin est interrogé sur Philippa. Il décide alors de dire qu'elle est sa fille, mise en nourrice car sa mère n'était pas assez riche. Il vient de la récupérer ayant appris la mort de la nourrice. Il annonce également qu'il va l'adopter et la rendre officiellement sa fille.

Dans la nuit, Philippa surprend deux hommes s'introduisant dans la maison. Elle s'empare alors de l'or caché dans sa chambre et s'enfuit par la fenêtre en déposant une planche entre son rebord de fenêtre et celle de Béatrice. Elle fait le tour de la ville, mais les portiers refusent de lui ouvrir. Elle décide alors de confier l'argent à la maison des lépreux.

Alors que Jamet Boisguérin est parti en voyage, Gilles en profite pour rendre visite à Philippa et tout en la menaçant, lui faire part de ses soupçons à propos de sa naissance. Après son départ, un valet vient apprendre à Philippa que du bronze a été volé sur le chantier de la cloche. Alors qu'elle découvre qu'Estienne s'est fait mal à la jambe, Philippa fait le rapprochement. En effet, c'est lui qui a volé du bronze.

En rentrant de la foire des Polieux avec Lucasse, Philippa découvre Béatrice en pleurs. Elle veut partir de chez son père pendant que celui-ci en est encore absent. En effet, il a reçu une lettre l'appelant pour des affaires à Dinan. Philippa se rappelle en effet qu'une lettre était arrivée par erreur chez Jamet mais elle était destinée à Gilles. Cette erreur lui fait penser à la lettre envoyée par son père dont Jamet n'avait pas affirmé avoir reçu. Elle se dit qu'elle est peut-être arrivée chez Gilles. Elle propose à Béatrice de partir avec le bénédictin, cousin de Lucasse.

Au retour de Gilles, celui-ci, en colère, apprenant que sa fille est partie, se rend chez Jamet. Jamet demande alors à Béatrice de sortir de la pièce, mais celle-ci entend toute la conversation depuis la cuisine. L'histoire s'éclaircit alors : Gilles était le miseur de la ville à l'époque où Philippe faisait ses recherches sur son père. Gilles a donc bien reçu les lettres de son fils, mais il a préféré les ignorer et a été jusqu'à payer des gens pour lui faire peur et lui faire rebrousser chemin. En effet, il avait peur que sa venue remette en cause le mariage de sa fille. À présent que Béatrice est partie, il veut récupérer Philippa. En effet, elle est bien sa petite-fille.

Jamet aimait Guillemette Landais, la grand-mère, mais celle-ci préférait Gilles et ce dernier avait refusé de l'épouser à cause de son rang.

Philippa décide de rester avec Jamet. Celui-ci lui promet de raconter à tout le monde qui est sa véritable grand-mère. Cependant, il préfère dire qu'elle bien sa petite-fille et ne pas parler de Gilles. Philippa préfère garder ce prénom.

Le roman se termine sur l'arrivée d'Estienne, heureux de ses projets à venir. En effet, il veut finir son apprentissage et se lancer dans le commerce du tissu, mais auprès des navires. Il offre une hermine dans une cage en osier à Philippa et lui dit « vous savez apprivoisez ». Tous ensemble, ils ouvrent alors la boutique.

III. PRÉSENTATION DES PERSONNAGES

Guillemette Landais/ Philippa

Deux noms pour un personnage

Guillemette Landais est le personnage principal du roman. Elle porte le même nom que sa grand-mère ce qui est une première difficulté pour la jeune fille. En effet, alors qu'elle croit rencontrer son grand-père et donc une partie encore inconnue de ses racines, celui-ci lui demande de cacher sa véritable identité. Elle choisit le nom de Philippa en rapport au prénom de son père qui est Philippe : « Je m'appelle Philippa, dit-elle. D'ailleurs, j'ai toujours eu envie de m'appeler Philippa. » (chapitre 2). À travers ce changement de nom, on peut se rendre compte que la jeune fille ne peut pas exprimer sa vrai personnalité. En effet, il y a toujours un mystère autour de son existence. Lorsqu'elle était enfant, elle ne connaissait pas l'existence de son grand-père et à présent alors qu'elle entre dans l'adolescence au côté de son grand-père, elle doit cacher l'existence de sa grand-mère.

Le portrait physique

Guillemette Landais est une jeune fille de 12 ans : « je n'ai pas encore 13 ans » (chapitre 1). Lorsqu'elle arrive chez Jamet, elle est habillée d'une chemise de garçon et de chausses. Elle ne possède qu'un sac de toile contenant une robe bleue, une cape de drap et 5 embouts de flèches en fer. Elle a de longs cheveux clairs sous son chapeau de feutre. Dans le deuxième chapitre, Jamet Boisguérin la décrit à Lucasse comme « mignonnette ». Aucune autre description physique supplémentaire n'est donnée à propos de Guillemette Landais. Tout au long du roman, elle est une jeune fille qui anime la curiosité des autres personnages, mais aucune admiration ni moquerie n'est donnée à propos de son physique. La jeune fille est arrivée en tant que Guillemette, en sorte de garçon manqué et elle devient peu à peu Philippa, une jeune fille féminine apprenant à se tenir aux règles de la société. En effet, sous les conseils de Lucasse, elle doit monter à cheval sur le côté et non plus à califourchon comme elle le faisait auparavant au côté de son père. De même, il lui est interdit de remettre ses vêtements de garçon et son grand-père lui fait faire rapidement des robes. Il n'est cependant pas question de briller en société à l'image de Béatrice exprimant la fierté de son père. Il est simplement question de bonne éducation et de coutumes propres au moyen-âge.

La force morale

À son arrivée chez Jamet, Guillemette fait preuve de courage. Elle raconte son histoire avec émotion : « Messire Boisguérin, croyez que j'ai beaucoup hésité avant de venir, mais toute ma vie dépend aujourd'hui de vous. » (chapitre 1). Le lecteur apprend peu à peu que son père vient de mourir et que sa mère est morte à sa naissance ce qui fait d'elle un personnage fragilisé et abandonné à un âge peu avancé. Elle ne se laisse pourtant pas abattre et continue en montrant sa force morale : « elle s'arrêta respirant fortement pour empêcher toute émotion » (chapitre 1). Dans le deuxième chapitre, elle montre également qu'elle a du caractère : « Comme le miseur posait sa main sur son bras, elle le retira aussitôt ». Guillemette se méfie de Jamet et fait preuve de maturité bien que de la complicité s'installe peu à peu entre les deux personnages : « Elle fixa ses yeux clairs et se sentit soudain envahie par le même sentiment de complicité que l'après-midi, au moment où ils s'étaient souri. »

L'évolution

Guillemette va apprendre tout au long du roman la vie quotidienne des habitants de Rennes. Dès son arrivée, elle découvre les rumeurs, les odeurs et les bruits de la ville. Elle n'y est pas habituée puisqu'elle a grandi dans un château à la campagne. Elle utilise ses connaissances déjà acquises pour évoluer dans cette nouvelle société. Jamet lui demande d'écrire pour lui les comptes rendus des réunions et même si elle dit n'être pas très forte en écriture, elle essaie de s'appliquer pour ne pas décevoir son grand-père. Dans le quatrième chapitre, la jeune fille fait preuve d'adresse lorsqu'elle monte à cheval. Elle dit à son grand-père qu'elle veut apprendre son métier ce qui souligne sa motivation. Enfin, les chapitres six et dix prouvent sa détermination et son côté débrouillarde lorsqu'elle aide les malades à sortir de l'hôpital et lorsqu'elle fuit avec l'argent, en pleine nuit et à travers la ville.

Guillemette qui a pour but de connaître l'histoire de sa famille réussit peu à peu à faire éclater la vérité. Elle permet aux valeurs comme l'humilité, la générosité et l'honnêteté de triompher face aux vices de l'avidité et de l'avarie, incarnés par Gilles.

Jamet Boisguérin

Un homme fidèle

Jamet Boisguérin est un vieil homme, mercier et miseur de la ville de Rennes. Il tient la mercerie qu'il a fait fructifier et qui a pour nom « les cinq écus de Bretagne ». Il est attaché aux valeurs de par ce nom qui est d'ailleurs le titre de l'œuvre. De même, il est fidèle à son passé. Dans le chapitre quatre, il tient à nommer son frère par son nom de naissance « Gilles Boisguérin » et non par le nom noble de sa femme « de Villefranche ». Il accepte également de considérer Philippa comme sa petite-fille par respect pour la femme qu'il a aimée dans le passé même si celle-ci ne l'aimait pas autant que son frère. Les rumeurs disent que Jamet n'est pas marié (chapitre 1). La chambre de Guillemette est richement décorée ce qui annonce la fortune de Jamet. Il possède des valets à sa disposition et une servante, Lucasse, qui est comme une amie et qui a grandi avec lui. Il a besoin de son avis concernant l'arrivée de Guillemette ce qui montre qu'elle est de bon conseil. La présence des femmes autour de Jamet semble lui être profitable au sens qu'elles l'apaisent. L'arrivée de Philippa est annonciatrice de renouveau et de joie. Jamet n'hésite pas longtemps à présenter Philippa comme son héritière.

Un homme sage

Dans le premier chapitre, il est décrit de la manière suivante : « un homme de haute taille, un peu voûté par l'âge. Des cheveux blancs et gris, un regard bleu d'une grande fraîcheur, qui surprenait chez un homme exerçant la difficile fonction de miseur d'une grande ville comme Rennes. ». Il est dit dans le chapitre « Philippa » que Jamet a un caractère impulsif. Tout au long du roman, il reste fidèle à ses valeurs de par sa sagesse. Il s'oppose à son frère qui n'a d'intérêt que pour l'argent et le rang social. Jamet est représentatif des valeurs chevaleresques propres au moyen-âge même s'il tend à se moderniser face aux aléas de la vie incarnés par la présence de Philippa. Il donne beaucoup d'importance à la transmission de la nouvelle génération de par la présence de son apprenti et la formation qu'il offre à Philippa.

Un maître

Au début du roman, il est présenté au lecteur comme le grand-père génétique de Guillemette Landais et l'on apprend seulement à la fin du roman que le véritable grand-père de Guillemette est le frère de Jamet. Cependant, tout au long de l'œuvre, Jamet entre dans son rôle de grand-père avec affection et intérêt. Il fait découvrir à Philippa la ville et son histoire à travers le beffroi (chapitre 6), mais aussi son métier. Il la forme peu à peu aux tâches qui lui sont attribuées en tant que miseur mais aussi en tant que gérant d'un commerce. En ce qui concerne la tenue et la conduite d'une jeune fille, il tient à lui enseigner avec douceur les coutumes de la société du moyen-âge. Il reste plus souple dans ses directives que Lucasse. Il est tolérant et compréhensif vis-à-vis de Guillemette, mais aussi de son apprenti.

Estienne

Un jeune apprenti

Estienne apparaît au troisième chapitre. « Il a une quinzaine d'années, trop grandi, un peu maigre, les cheveux blondasses et mal peignés ». Il est l'apprenti de Jamet Boisguérin et revendique sa place comme unique :

« vous ne pouvez avoir deux apprentis, messire Boisguérin. Un maître mercier n'a droit qu'à un seul. Vous m'avez déclaré. J'ai payé mes deux livres de cire de droit d'entrée. Je réponds à toutes les exigences : je suis né dans le duché, et bon chrétien, et pas marié. » Il fait preuve de jalousie envers la présence de Philippa et instaure une sorte de concurrence face à elle.

Un jeune homme qui se cherche

Lucasse nous apprend que « sa mère est partie avec un saltimbanque » ce qui expliquerait qu'il n'aime pas les femmes pour leur infidélité et donc le manque de confiance qu'on peut leur attribuer. Lors de son entraînement à l'arc dans les douves, il ne supporte pas de mal viser et s'en prend à la présence de Philippa en confirmant l'image qu'il a des femmes puisque selon lui, elles porteraient malheur. Ainsi, sa relation avec Philippa est compliquée. Il a besoin que Philippa lui prouve ce qu'elle vaut sans pour autant le dépasser. Estienne incarne l'adolescent qui cherche sa place même si cette notion n'existe pas à cette époque. Il est un personnage proche du lecteur visé auquel ce dernier peut s'identifier. D'ailleurs, ce personnage évolue au fil du roman et finit par accepter la présence de Philippa au sein de la demeure de Jamet Boisguérin. Le don de l'hermine est la preuve de sa prise de conscience. Philippa devient une adjuvante à ses yeux.

Le projet

Estienne est un personnage étonnant car derrière son mauvais caractère se cache un jeune homme avec des rêves et des envies d'ailleurs. Au chapitre onze, il fait part à Philippa de son projet : il veut amasser de l'argent pour s'acheter un navire et faire du commerce. Cependant, à la fin du roman, il a un projet plus sérieux, il veut finir son apprentissage, devenir mercier et se mettre en relation avec les navires afin de les conseiller. Il fait ainsi preuve de maturité. Ce personnage devient plus important dans la suite de ce roman, *Les portes de Vannes*.

IV. AXES DE LECTURE

L'utilisation du moyen-âge

Les cinq écus de Bretagne est un titre annonciateur de l'époque et du lieu dans lesquels va se dérouler le roman. En effet, l'histoire se déroule dans la ville de Rennes moyenâgeuse. C'est Jamet Boisguérin qui nous raconte, au onzième chapitre, l'histoire de sa maison et l'explication du nom donné à son magasin. Évelyne Brisou-pellen utilise les données du moyen-âge pour rendre son histoire plus attrayante et réelle.

L'ambiance de la rue

Dès les premières pages du roman, Guillemette découvre l'ambiance de la rue que ce soit depuis sa fenêtre ou lorsqu'elle parcourt la ville. Le lecteur peut reconnaître les différents corps de métier qui sont présents au moyen-âge à travers les fondeurs de la cloche, les merciers, la tripière, mais aussi les gardes des portes et des tours. Le rôle de la tripière est intéressant parce qu'il permet de se rendre compte de ce qui est dit à travers la ville à propos de la présence de Philippa. Le lecteur a donc accès à certaines informations à travers des personnages anodins en apparence. Les tensions agitant la Bretagne en font partie. En effet, les guerres sont nombreuses à cette époque et la simple venue de Philippa attise la peur des citadins. En effet, au troisième chapitre, les gens propagent une rumeur : « Le marchand de chandelles transmit la nouvelle à l'oublieur,[...] qui sut aussitôt que le miseur cachait chez lui une espionne qui revenait du camp français avec d'importantes révélations [...] avant le soir, il fut certain que les Français se préparaient à attaquer Rennes[...]. » De plus, le lecteur découvre à travers Philippa les temps importants qui rythment le moyen-âge. Le narrateur nous présente la foire des polieux et le jour du papegaut tout en y mêlant l'avancée des travaux concernant la construction de la cloche.

L'architecture

Le lecteur d'aujourd'hui découvre l'architecture du moyen-âge à travers la ville de Rennes. Dès le premier chapitre, Guillemette découvre sa somptueuse chambre et la particularité des maisons de ville du moyenâge :

« En bas, la rue n'était pas trop étroite, mais au niveau des étages, qui s'avançaient au-dessus, bien en avant des pas-de-porte, elle n'était plus qu'un mince couloir. Juste devant sa fenêtre, à une longueur de lance à peine, s'ouvrait la fenêtre de la maison d'en face. » Le narrateur se joue d'ailleurs de cette proximité en rapprochant les deux jeunes filles, Philippa et Béatrice, mais aussi pour montrer le courage de Philippa lorsqu'elle installe une planche de son lit entre les deux fenêtres pour fuir la maison en passant par celles de Béatrice (chapitre 10). L'intrigue concernant la fonte de la cloche est également intéressante puisqu'elle permet d'ajouter une difficulté dans l'évolution des personnages, mais aussi du dynamisme dans la description de la ville de Rennes. Ainsi, on peut se rendre compte que non seulement les personnages évoluent, mais la ville aussi. Elle se modernise et le narrateur montre une réelle volonté de la part des décideurs à faire de leur ville la plus belle, mais aussi la plus puissante : « Rennes est ville capitale, et en cela, elle se doit de dépasser toute autre, en tout domaine. [...] Je propose donc d'en augmenter le poids [la cloche], et qu'elle s'entende jusqu'au cœur de la forêt, car jusqu'où résonnera la cloche, s'étendra l'emprise de la ville. » (chapitre 3).

Le roman historique

« G. Lukács montre encore que, par la force des choses, le roman historique est écrit par un auteur moderne pour instruire ou divertir des lecteurs de son temps : le roman historique est un regard d'aujourd'hui porté sur hier et c'est ce double rapport à l'histoire qui fait son intérêt. » (Larousse en ligne). Lors de l'entretien entre Évelyne Brisou-Pellen et Ricochet, l'auteur des *Cinq écus de Bretagne* fait part de sa pensée sur son écriture. « J'ai toujours un souci de vérité, c'est pourquoi je prends du temps pour mes recherches, parfois plusieurs jours pour un petit détail. Je m'appuie beaucoup sur le travail de spécialistes, je croise les informations... Même si je me dis que le lecteur ne s'arrêtera pas sur tel ou tel élément, je sais qu'en étant rigoureuse cela va renforcer la crédibilité, et cela le lecteur le sent en général très bien. » En effet, l'intrigue autour de la cloche de la cathédrale Saint Pierre de Rennes est proche de la réalité puisqu'elle est bien la plus grosse cloche de la Bretagne. Le chapitre six qui montre Jamet présentant le Beffroi à Philippa est intéressant puisque les descriptions sont fidèles à l'histoire notamment la présence de la statue de l'ange Saint-Michel.

Ainsi, *Les cinq écus de Bretagne* est un roman historique. L'auteur nous explique dans le même entretien l'utilisation de ce genre : « J'ai besoin d'histoires qui me fassent rêver. Je suis un écrivain de l'ailleurs. Le monde contemporain n'est pas une source d'inspiration pour moi. Les questions de société, les problèmes des jeunes... il y a des auteurs pour écrire cela, moi, je n'en fais pas partie. Pour moi, ce n'est pas assez exaltant. Les époques lointaines ou imaginaires m'inspirent davantage. »

Un roman qui cherche à séduire

Les cinq écus de Bretagne est un roman qui ne peut que séduire. Il foisonne d'intrigues et de données historiques qui s'imbriquent afin de plonger le lecteur au plus près du récit. À chaque chapitre, le récit évolue à travers les paroles et les pensées des personnages ce qui invite à s'en imprégner. Dans son entretien avec Ricochet, Évelyne Brisou-Pellen fait part de son goût pour l'écriture : « Écrire, c'est tout d'abord : me faire plaisir. Ensuite le roman est entre les mains du lecteur, qui se l'approprie, y trouve et découvre différentes choses, en imagine d'autres...Le livre ne m'appartient plus à ce stade-là. Mais en ce qui me concerne, c'est avant tout une écriture plaisir ».

Les personnages

Le choix des personnages des *cinq écus de Bretagne* n'est pas anodin. Que le lecteur soit fille ou garçon, il peut s'identifier à Philippa ou bien à Estienne. En effet, les personnages ont l'âge des lecteurs visés et connaissent des situations plus ou moins difficiles qui crées l'empathie. L'histoire de Philippa qui a perdu ses parents fait d'elle un personnage fragile et pourtant courageux ce qui provoque de l'admiration. De même, le lecteur s'attendrit sur le cas d'Estienne, abandonné par sa mère et peu soutenu par son père. En effet, ce dernier, maître Gicquel, « semblait porter sur son visage un pli permanent d'amertume ». Ces deux enfants sont aidés par Jamet Boisguérin, reflet du personnage gentil et adjuvant à l'opposé de Gilles, personnage méchant et opposant. Ainsi, le schéma actanciel est simple et posé rapidement de manière à ne pas laisser le lecteur se méfier. D'ailleurs, même si au début du roman, le lecteur tend à se méfier de Jamet, il est vite encouragé à l'aimer sur l'exemple de Philippa.

<u>*Le style*</u>

Évelyne Brisou-Pellen utilise un style simple à la portée de ses jeunes lecteurs. À travers le récit des événements, viennent s'imbriquer des passages dialogués qui nous livrent des informations sur les personnages. Philippa parle avec respect à l'inverse d'Estienne qui utilise des phrases courtes et rudes. De plus, les langages de Lucasse et de la tripière marquent la différence avec celui de Jamet. Elles utilisent beaucoup d'expressions et se rapprochent d'une sorte de patois « Dame, quand on se déguise, c'est rarement pour berner les mouches à merde. » (chapitre 3), « Dame... les amis ça a souvent bon dos (chapitre 5). Les paroles de Jamet sont longues, souvent explicatives et posées. Ces différences de langages apportent du dynamisme au récit de même que l'énumération des faits moyenâgeux dont fait preuve le narrateur au chapitre quatorze : « Placis de la Poterie, on pendit après jugement le porc qui avait dévoré un enfant. Le tavernier [...] accrocha une bille de bois [...]Deux lavandières s'entre-tuèrent à coups de battoir [...] un fabricant de lacets se noya [...] trois enfants naquirent de la même mère [...] »

<u>*Le suspens*</u>

Le suspens est présent à plusieurs niveaux dans ce roman. En effet, dès l'arrivée de Philippa, le lecteur s'inquiète sur son avenir. Tout est nouveau pour elle, de même que pour le lecteur. Philippa arrive dans la ville de Rennes alors qu'elle ne connaît pas la ville en général, car elle a grandi à la campagne. De même, le lecteur ne connaît pas la ville de Rennes du moyenâge. De nombreuses questions vont se succéder à propos de l'histoire de Philippa : qui est son grand-père ? Puis, va-t-elle s'adapter à sa nouvelle vie ? Qui a tué son père ? Autant de questions qui se posent alors que la ville se prépare à recevoir le duc. Les problèmes de l'expansion des villes du moyen-âge sont également présents avec la construction de la cloche, le budget à tenir, les inondations, le feu, mais aussi l'évacuation des déchets. Tout est propice à la réflexion afin de tenir le lecteur en haleine.

Ainsi, *Les cinq écus de Bretagne* est un roman historique, mais aussi d'aventure. Il montre l'évolution de personnages errants sans famille avec l'utilisation du suspens et de l'enchevêtrement d'intrigues. De plus, le dénouement y est heureux.

Ainsi, qu'il soit un roman historique ou un roman d'aventures, *les cinq écus de Bretagne* est un roman qui utilise l'histoire pour créer un récit attrayant et éducatif. Il transmet des valeurs et des données historiques ce qui permet d'apprendre tout en profitant du plaisir de la lecture.

Dans la même collection en numérique

Les Misérables

Le messager d'Athènes

Candide

L'Etranger

Rhinocéros

Antigone

Le père Goriot

La Peste

Balzac et la petite tailleuse chinoise

Le Roi Arthur

L'Avare

Pierre et Jean

L'Homme qui a séduit le soleil

Alcools

L'Affaire Caïus

La gloire de mon père

L'Ordinatueur

Le médecin malgré lui

La rivière à l'envers – Tomek

Le Journal d'Anne Frank

Le monde perdu

Le royaume de Kensuké

Un Sac De Billes

Baby-sitter blues

Le fantôme de maître Guillemin

Trois contes

Kamo, l'agence Babel

Le Garçon en pyjama rayé

Les Contemplations

Escadrille 80

Inconnu à cette adresse

La controverse de Valladolid

Les Vilains petits canards

Une partie de campagne

Cahier d'un retour au pays natal

Dora Bruder

L'Enfant et la rivière

Moderato Cantabile

Alice au pays des merveilles

Le faucon déniché

Une vie

Chronique des Indiens Guayaki

Je voudrais que quelqu'un m'attende quelque part

La nuit de Valognes

Œdipe

Disparition Programmée

Education européenne

L'auberge rouge

L'Illiade

Le voyage de Monsieur Perrichon

Lucrèce Borgia

Paul et Virginie

Ursule Mirouët

Discours sur les fondements de l'inégalité

L'adversaire

La petite Fadette

La prochaine fois

Le blé en herbe

Le Mystère de la Chambre Jaune

Les Hauts des Hurlevent

Les perses

Mondo et autres histoires

Vingt mille lieues sous les mers

99 francs

Arria Marcella

Chante Luna

Emile, ou de l'éducation
Histoires extraordinaires
L'homme invisible
La bibliothécaire
La cicatrice
La croix des pauvres
La fille du capitaine
Le Crime de l'Orient-Express
Le Faucon malté
Le hussard sur le toit
Le Livre dont vous êtes la victime
Les cinq écus de Bretagne
No pasarán, le jeu
Quand j'avais cinq ans je m'ai tué
Si tu veux être mon amie
Tristan et Iseult
Une bouteille dans la mer de Gaza
Cent ans de solitude
Contes à l'envers
Contes et nouvelles en vers
Dalva
Jean de Florette
L'homme qui voulait être heureux
L'île mystérieuse
La Dame aux camélias
La petite sirène
La planète des singes
La Religieuse

À propos de la collection

La série FichesdeLecture.com offre des contenus éducatifs aux étudiants et aux professeurs tels que : des résumés, des analyses littéraires, des questionnaires et des commentaires sur la littérature moderne et classique. Nos documents sont prévus comme des compléments à la lecture des oeuvres originales et aide les étudiants à comprendre la littérature.

Fondé en 2001, notre site FichesdeLectures.com s'est développé très rapidement et propose désormais plus de 2500 documents directement téléchargeables en ligne, devenant ainsi le premier site d'analyses littéraires en ligne de langue française.

FichesdeLecture est partenaire du Ministère de l'Education du Luxembourg depuis 2009.

Plus d'informations sur www.fichesdelecture.com

ISBN: 978-2-511-03008-0

Notes :